KB152852

비상하는 산

김 현 자 시집

동학사계

머리말

　후회 없는 오늘을 위해서 열심히 살아왔지만 잡힐 듯 잡힐 듯 잡히지 않는 시어(詩語)들은 언제나 저를 힘들게 하였습니다.

　시인이 시를 쓰지 않으면 늘 배가 고픈 법이라는 스승님의 가르침은 언제나 머리에 맴돌고 떠나지 않아서 저는 허기진 시간을 보내야만 하였습니다.

　부족하여 내보이지 못하고 안으로만 껴안고 살아온 시간들, 달 덜 채워 낳은 아기처럼 부족하여 조심스럽기만 합니다.

　오늘, 세상 빛을 볼 수 있도록 용기와 길잡이가 되어주신 황송문 은사님, 울타리가 되어준 가족과 지인께 고마운 마음을 보냅니다.

2015년 초겨울에 김현자 적음

차 례

제1부 가슴으로 지는 별

제2부 일어서는 시간

제3부 소나기 가고 나니

제4부 시인의 정원

제5부 햇살이 좋아서

제1부

가슴으로 지는 별

비상 飛翔

훨훨 날고 싶다.

고단한 날갯짓일지라도
날아본다는 것이
두렵고 어렵더라도
한번 날아 보고 싶다.

막연한 비행
쉬지 말고
날갯짓 무수히 하다보면
거센 바람도 가르며 날수 있겠지

날다 보면
하늘이 흔들리고
두려움이 앞을 막아도
넉넉한 날개로 유유히
원 없이 날 수 있겠지.

산

온 몸의 신경이 잠을 털면
심연에 산이 솟는다.

만고풍상에도
흔들림 없이
든든한 지주로 서 있는 산.

거기에는
어머니의 가슴도 있고
가슴 속 깊이 남아있는
그리움의 앙금도 있다.

하늘 우러러 보면서
양심 저버리지 않고
더 이상 넓은 대지 차지하려
투기하지 않는 땅

말이 통하지 않아
등나무처럼 꼬여가는 마음 풀라며
따스한 바람도 보내어온다.

순수한 마음 줄 수 있는
넉넉한 그대 있음에
꿈길 가듯 초연히 오른다.

고향집

초가지붕 위로
하얗게 눈이 쌓이면
토담집 구들이 달아오른다.

추위가 엄습하는 밤
달빛 드리운 장독
어머니 손길 익어가는
댓잎 사이 살얼음

고구마 한 소쿠리에 동치미
옹기종기 둘러앉아
사이사이 징검다리 하나 둘 셋
까르르 웃음꽃 피울 때

씽씽 오가는 바람
문풍지 노래하던 밤이
소박한 정으로 깊어간다.

아침 햇살
창호지에 물들 때
처마 끝에 주렁주렁
반짝반짝 반짝이는 수정 고드름

탱자나무집 굴뚝 위로
어머니의 사랑이 피어오른다.

물그림자

벼랑을 타고 오르는
담쟁이의 꿈이 있다.

설악산 정상을 향하여
오르던 수 없는 발자국들

하산 길에 흩어지며
추억의 단술에 취해 산다.

옹이처럼 흔적만 남아
마주선 거울같이
되살아나는 물그림자

한계령 굽이굽이
지울 수 없는 이름 하나

야멸차게 자르려 해도
떨어지지 않는 인연의 부스러기
흔들리는 물그림자.

가족

가장 낮은 곳에서
환한 등불을 켠 나무

튼튼하게 뿌리 내리고
가지마다 연초록 이파리
희망차게 자라
거센 비바람 막아주는
울타리가 되어주고

온 몸 불살라
검은 숯덩이가 되도록
낮은 자세로
낮은 몸짓으로
따뜻한 가슴으로 감싸주는
고향 구들목 넉넉한 온기.

안부를 묻다

나목에
벋드는 소리 들린다.

긴긴 겨울이
얼음장 밑으로 떠나고
흐르는 시냇물 소리 유유하다.

햇살 아래
만물들 생기 돌고
연둣빛 새싹이 돋아
검불 사이사이 안부를 묻는다.

참새

비에 젖은
참새 한 쌍
다정히 전깃줄에 앉아있다.

처마 밑으로
자리를 옮기면 좋으련만
헤어지지 않으려
애태우며 떠날 줄 모른다.

참새가슴도
더운 체온 건네주며
빗방울 타고 오는 사랑

하늘 날아오른 참새
날랜 놀림 아른거려도
둘만의 사랑 붉게 물든다.

가슴으로 지는 별

뜰 때는
밤하늘에 뜨지만
질 때는
가슴으로 지는 별 하나

다람쥐만 아는
숲 속 오솔길 지나
물결 이는 호숫가에 물든
별빛의 설레임

너를 사로잡고픈
짧은 이 한 밤
잔잔한 물결로 이는 그리움

뜰 때는
밤하늘에 뜨지만
질 때는 가슴으로 지는
별 하나.

진주조개

갈증을 호소하는
그리움에 길들여지길
간절히 바라는 소녀처럼

드러내면 사라질까
두려움에 떨면서도
안으로만 삭이며

살을 깎는 아픔에도
영롱하게 빛나는
진주의 꿈.

꺼지지 않는 불길로
그대 가슴에
영원히 타오르고 싶은
사랑의 꿈.

목련

그리움 가득 담긴
화사한 얼굴로
세월을 잉태하고

기다림에 사무쳐
가슴 열던 그날
뽀얀 너의 모습
수줍음을 탔었지…

햇살 아래 활짝 웃던
청순가련한 모습
지워지지 않는다.

반짝이는 노래

외투 깃 세우고
홀로 나서면
회색빛 거리가 서러웠다.

소곤거리는 나무 가지 끝에
초승달 매달려 흐느끼는 밤
춤추는 몽상은 꽃이 된다.

풀씨처럼 날아왔다가
바람처럼 가는 세월
어찌할 수 없는 운명 앞에
새벽 안개꽃으로 피어오르고

잔잔한 호수에
별들이 떨어지면
반짝이는 노래가 된다.

하루

잔잔하던 바다를 일으켜 세우는
거센 바람의 횡포
하얀 거품을 일으키며
모래사장을 쓸어내리고

매서운 파도에 시린 허리 맡긴 채
할매, 할배바위
굳어진 관절 다가갈 수 없어
충혈의 눈으로 안부를 묻는다.

부드러운 춤사위로
자맥질하는 갈매기
목울대 넘나드는 생명들…

눈 밑에 차오른 석양
노을이 바다에 물들면
갈매기도 단꿈 꾸러 날아들어
하루가 죽고 다시 산다.

가을 길 따라

비 멎은 안양천
새벽 공기는
거침없이 호흡기를 타고 들어와
혼탁해진 혈관 정화시키고

일주일동안 누적된 무거운 짐
한 겹 한 겹 내려놓고
그래도 남은 조각들
물길에 흘려보낸다.

눈부신 이른 햇살에
이슬방울 유난히 영롱하고
발목에 스치는 감촉도 차가운데
내게 온 사랑인 듯 싫지 않은 새벽

둑길을 무작정 걷노라니
그리움이 가슴에 일어
어디론가 구름처럼 떠나고 싶다.

인연

능선 따라 흐르는
생각의 고리를 끊는
침묵하던 달그림자

산허리 돌아서 온 길손
무언의 고리 동여매고

푸른 별 불러 모아
가슴에 이는 물결처럼
기억을 부른다

열정의 시간 내려놓고
바람에 떨어지는 꽃잎처럼
흩어지며 앞서간 발자국

불완전 풍사

말을 하다보면
향기가 있는 말인데도
다치는 일이 생긴다.

교묘한 말재주가
오히려 독이 되는 것을 보면
말은 믿을 수 없는 풍사

말을 아끼는
지혜를 불러
묵언을 담으리.

아무리 그럴듯한 말이라도
바람에 날리는
언어의 쭉정이

꽃봉오리에 가득 담아
시어로 숙성시켰다가
반백년 후에 꺼내보리.

바람 앞에서

연둣빛 잎새로 태어나
타오르는 태양 품으며
온 몸으로
계절을 수놓던 단풍

병상을 지키는 낙엽처럼
핏기 잃은 모습으로
세월의 끝자락에 매달린다

늦가을
매정한 바람 앞에서
목 줄기 나이테 감추고
숙연히 고개 떨구는 그대

낙엽을 알고 있을까
나이테 늘어가는
사랑을 알기나 할까.

밀어

소리 없이
기지개 켜는 대지의 숨결
가슴에 품어 봅니다.

춘삼월
해웃음 춘풍에 보내온 그대
따뜻한 마음으로 피고
고운 정으로 나비 돌아오는 날

고뇌하던 홍매 회심 거두고
다소곳이 고개 숙이는 것은

눈부신 햇살로 핀
진홍빛 그리움
가슴깊이 감추기 위함입니다.

산행

수목이 무성한 산
산새소리 적막을 깨우고
물안개가 고단한 마음
포근히 감싸 안는다.

적막을 깨우는 계곡
유년의 회상이 흐르고
또 다른 나를 만나며
먼 여행 중인 어머니도 만난다.

산 넘고 산 넘어
숨 가쁘게 살아온
지난날들 돌아보며
어머니의 길을 이어서 간다.

제2부

일어서는 시간

촛불

허공에 떠돌던 언어
그대 위한 노래 되어
밀물처럼 차오르면

막막한 어둠 속에서도
날개 접은 선녀처럼
그리움 서리서리 묻어와

가슴깊이 맺힌 한
마음껏 태우고 싶어
오늘은 촛불 밝힌다.

일어서는 시간

부스스한 안개
나뭇잎새 눈 비비며
새벽을 여는 느릿한 발걸음

눈감으면 환히 열리는 길
그림자 떠난 세월
억세게 자란 잡초들이
발부리에 채인다.

떠나버린 원앙
다정한 미소로 손짓하는 숨결

시린 눈 질끈 감고
침묵으로 밑거름이 된 인연
잠자는 시간이 일어선다

바람 갈피에 묻어오는
뻐꾸기 알 버린 사연
한번쯤은 돌아보아야 했다.

가슴앓이

멀어져 가는 거리만큼
커져만 가는 그리움

거친 삶 속에
진폐증처럼 검게 가라앉은

숨 쉬지 못하는 언어들이
가슴 깊은 곳에 산다.

끓어오르는 용천수
식을 줄 모르는 몸짓으로

내 안에 살아 똬리를 틀고
멀고도 가까운 그 곳을
바라만 보는 달맞이꽃
석양의 그림자는 길어만 간다.

풋고추의 자서

된서리 내리면
저절로 사위어 갈 것을
묽은 서리도 내리기 전에
따담는 손길이 분주하다

내가 태어날 때
땅은 나를
포근히 감싸주고
이슬마시며 아침을 맞았지

가끔
구름이 만들어준 그늘에서
쉬게 하더니
생을 풋고추로 마치게 한다.

노을빛으로 곱게
익을 날만 기다렸는데.

숨 쉬는 봄

바람이 흔들 때마다
살갗 뚫고
막 솟아오른 봉오리

심장이 뛰고
온 몸에 피가 돌자
피어나는 꽃망울들

지천으로 흩날리는 꽃잎
채 지기도 전에
떠나보낸 사랑도
심연에 묻어둔 상처도

늘 변함없는 그 자리에
느린 음표처럼 또옥 똑
떨어지는 빗물 소리

당신의 훈김이 스미던 날처럼
잎새는 날마다 푸르러 갔지.

아름다운 사람

풀벌레울음 잦아드는
가을의 빈 뜨락
아픔 주지 않으려고
떠나간 사람

은사시나무처럼
소리 없이 손 흔들며
떠나간 사람

벼랑 끝에 서서
애태우며 그리워해도
바람처럼 떠나는
그대는 아름다운 사람.

구겨진 지폐

자정 무렵
막차 떠난 대합실
가난한 시간 남루를 걸친 채
하나 둘 모이는 군상

불빛도 희미해진
텅 빈 역사
황달기로 눅눅해진
발자국 소리가 무겁다

혈육의 정 멈춘 지 오래
바람도 허기에 몸부림 칠 때
병소주로 달래는
기억속의 연기

시린 등 한기 밀치고
한줄기 빛을 찾아 나섰던 지폐
그리고 동전 몇 개
목숨을 흔들고 있다.

고스톱

인생은
쉬었다 가는 나그네

순간 멈춰 서서
쫓아오는 아우성 소리에
귀를 기울일 때가 있다.

기억과 기억이
꼬리에 꼬리를 물고
연달아 걸어가고
과적에 짓눌리기도 한다.

산다는 것이
어쩌면 걸으면 걸을수록
무거워지고 가벼워지는
길 위의 여정.

햇살이 축복처럼 내려오는 아침
긴 침묵 속에 깨어나
다시 시작하곤 한다.

비밀

떠올리는 그 자체만으로
가슴 사르르 녹아내리고

순간,
진홍빛 장미꽃만큼이나
화끈 달아오르기도 하는

때로는
바위 같은 침묵으로
들꽃 향기로

온몸 감싸는 부드러운 눈빛
시시각각 변하는
예민한 반응

바위 속에 한 천년
숨기고 싶은

변산반도

안개에 잠겼던 변산반도
수줍게 속살을 드러내고 있다.

여명 아래
물결위로 흐르는 고요

피어오르는 안개의 유희
숨소리가 거칠어지고 있다.

산허리 휘감은 구름
무엇을 감추고 싶었을까
저만치 손짓하는 가을
부끄럼으로 물이 드는데

꿈

한 밤을 새고 나면
저만치 달아나 버릴 세월

끊어진 연실 잡으려
논둑길을 달리던
어릴 적 그 심정으로

팔을 뻗어 휘저어보지만
손에 잡히는 건
허무하게 지나간 허상 뿐

헤매다 돌아와도
고요한 침묵 속에
아침햇살은 꿈을 깨라한다

석모도의 밤

바람의 등을 타고
한 없이 굽이쳐
거품꽃 하얗게 피워내는 바다

야무진 목적도
촘촘하게 짜놓은 계획도 없이
단숨에 달려온 섬나라

갈매기떼 소리 나를 부르고
푸른 어깨 넘실거리는 바닷가에서
집게발 페달 밟으며 소식 전하는 갯벌
시계 초침보다 더 바쁘다

해는 잰걸음으로
노을빛 가슴에 새기며
바다와 하늘은 하나 되어
석모도의 밤은 깊어간다

목련의 봄

봄의 문턱에서
북향을 바라보며
애타게 기다리는
우아한 모습이
안개처럼 아른거린다.

혹독한 시련을 겪으며
이파리보다 먼저
꽃봉오리를 여는 목련

나는 누구를
잊어 본 적이 있는가
나는 자신을
돌아본 적이 있는가.

바람이 분다

바람이 분다
바람을 타고 엷은 사랑이 온다

바람이 분다
두 팔을 벌려 안아본다
잠시 머물다 돌아가도 따스함이 느껴진다

바람이 분다
웃음소리가 들려온다
그대 옷깃을 스치는 소리

삶이 지나가는 소리

산책

외투 깃 세우고 나선
회색빛 거리가 서럽다

가시 돋친 세월만큼
차오르던 만월의 향기
안개꽃으로 피어오르고

못내 사르지 못한 노을
활활 타오르는 꿈을 꾼다

홀씨처럼 왔다
바람 따라 가는 세월
촉촉이 젖은 눈가에
영롱한 별빛이 흔들리고 있다

초승달

지창紙窓에
대나무 그림자가 들어오더라고요

창호지에 흘러넘치는
푸른 달빛에 취하다보니
잠이 오지 않더라고요

바람에 사근대는 댓잎 소리에
무심히 깨었다 잠이 들고

비몽사몽간 아른아른
찾아오는 달빛

창문열고 바라보니
허공에 외로운 초승달이
눈인사를 보내고 있더라고요

잠 못 드는 밤

귀가 시간을 놓친 태엽이
흘러간 날들 앞에서
뒷걸음질 한다

지나온 생각의 파편들
허공에 흩어지고
빛바랜 낡은 사진첩만
담겨진 추억을 꺼내고

마음 끌어당기지 못하는
투명칼라렌즈에
지나간 흔적들이 모인다

녹아내리는
아스팔트 열기처럼
고열을 앓고 있다

뒷모습

파르르 떨고 있는 물비늘 아래로
태양이 풀어지고 있다

만남과 헤어짐이
일상이 되어버린 우리들
저렇듯 슬프고도 아름다운
뒷모습을 간직할 수 있을는지

너와 내 가슴에
그리움 남기고
노을을 배웅하듯
너를 보낼 수 있다면…

제3부

소나기 가고 나니

꽃잎 편지

무심코 펼쳐든
누런 책갈피 속에

만지면 부서질까
희미해진 추억

조심스레 꺼내보다
울음 왈칵

하얀 목련꽃잎에
내리는 가랑비
떨림으로 쓴 시처럼.

노을 건너

별들이 모여 사는
노을 건너 마을에는

초승달 가로등불 켤 때부터
보름달 가로등불 켜는 날까지
지나온 이야기로
꽃이 피죠

때로는
노래를 구성지게 부르는
풀벌레 소리를
듣기도 하고

때로는
온 밤을 발광하며
은빛 수놓는 반딧불이를
만나기도 하고

때로는
매미들의 노래가
우렁차게 들리는
축제의 밤도 있지요

노을 건너 마을에는
꽃필 준비하는 들풀이 있고
둥지를 떠나 날아볼 아기 새가
곤히 잠자기도 하는 곳

노을 속에 꿈이 익어가는
귀촌 마을입니다.

호반안개

그대는 늘
새벽으로 오시지요

뿌옇게 남은 선잠 앞으로
무명치마 하얗게 풀어
너울너울 호수를 돌아
흔적으로만

오솔길 촉촉한 아침 이슬로
잠시 들러
어린 느티잎새로 선 듯
바람 든 갈대 틈에 내린 듯

그리하다가
싫은 내색 한 번 없이
참, 야속하게도
홀연히 떠나십니다.

눈물꽃

가슴에 쌓이는 그리움은
흩날리는 바람타고
대지위에 은빛가루로 수를 놓고

눈물 먹고 자란
서걱거리는 서릿발
아픔의 세월에 남겨진
한송이 설화로 피어나는데

절망으로 부서지는 마음
한줄기 영롱한 햇살에 사라질
얼음 꽃일지라도

순백의 모습으로
눈물꽃 피어나리.

홍매마을

알싸한 마을
마른가지에서
웃음소리가 들리고

겨울 내내
소한 대한 다녀갈 때
몸서리치게 추웠지

입춘 우수가 지나고
경칩과 함께 온 칼바람에
수 없이 울기도 했지만

춘풍이 대문에 들어서면
버선발로 나가 반기며
매화꽃 잔치를 열었지.

소나기 가고 나니

소나기가 가고나니
청소가 마무리된 듯
하늘이 맑다.

짙게 내려앉은
먹구름 사이를 가르며
번쩍이던 번개

천둥소리 고막을 울릴 때
겁먹은 꼬마는
구석을 찾아 몸을 웅크렸지

만삭의 몸을 푼
불꽃 튀던 하늘엔
뭉게구름 자유롭게 떠다니고
황홀한 저녁노을 곱게 물들어 간다.

흔적

나를 닮은 산
너를 쳐다보고
또, 나를 본다.

긴 날들을 부대끼며
지나간 흔적들을 지우려
능선을 돌아
얼마나 더 걸어야 하는지

무더위를 넘어 오색으로
화려하고 아름답게
물들이는 가을 햇살은

산자락에도 계곡에도
오색 빛으로 물들어간다
나도 그렇게 물들어간다.

별꽃

길섶에 태어나도
생명을 노래하는 마음이
아기처럼 예쁘고 곱다.

가물어도 비바람에도
화사한 꽃을 피우며
꿋꿋하게 살아가는
밝은 모습이 아름다워

참깨 같은 웃음 지으며
다가올 것 같아서
너의 이름을 불러본다.

단풍

힘들었던 지난날들
시름 모두 거두며
아름답게 불탄다

생생하던 이파리들
단풍 곱게 물들이고
아름답게 불탄다.

그리움 활활
태우는 꽃이 되어
겹겹이 쌓여 갑니다.

갱년기

저무는 햇살 받으며
온 몸을 떠는
황혼의 여자

콜록이는 기침소리에
마지막 벼랑 끝 나뭇잎들
스산하게 흩어진다.

잡을 수 없는 세월
허상으로 채워진 꿈

구멍 뚫린 가슴으로
빠져나가는 가랑잎들
미열에 뒤척이고 있다

안양천 풍경

바람도 상쾌한 아침
흙을 헤집고 봄을 맞는
새싹들이 귀엽다.

냇물에서 노니는 오리 떼
몸치장하느라
먹잇감 찾느라 분주하고

수문을 통해
흘러나오는 물소리도
소생의 힘이 넘쳐난다.

홍수로 상처 난 흔적들은
지난해 무너진 둑을
떠올리게 하고

잔해들 사이에서
자연의 순리에 따라
새롭게 태어나게 한다.

2월의 숲

아파트 숲은
서리꽃도 깃을 세우는
이른 봄이라
아직은 볼이 시리다.

바람막이가 되어준
건물 사이에서
기다림의 마디마다
홍매의 열꽃이 터지고

온 몸이 저려 오도록
엷은 미소 지으며
고귀한 자태로
새 세상을 열고 있다.

섬진강변에서

살며시 왔다
조용히 떠나는
뒷모습을 보았네.

봄바람 곁에서
곱디고운 모습으로
해맑게 웃는
매화꽃을 보았네.

낙화유수 애달픈 사연
가슴에 품고
강물 따라 가는
매화향도 보았네.

혹한의 겨울에도
혼신으로 봄을 꿈꾸던
간절한 기다림도 보았네.

강가에서

강은 말없이
어제도 오늘도
길을 내어 준다.

강물은
물고기처럼 뛰어놀던
유년을 건져
강둑에 앉히고

강가에 서서
갈대들이 켜는 연주에
철새들의 날갯짓도
덩달아 바빠진다.

석양에 물들어가는 구름
미끄럼 타던 물비늘위에
흩뿌려 놓은 듯
물무늬 수를 놓고 있다.

제비꽃

앙증맞은 꽃봉오리
가지 끝마다 매달린
봄의 전령들이 우쭐댄다.

터져 나오는 웃음
애써 참은 볼 마냥
수줍음 가득 담다가
하얀 속내 드러낸다.

곱게 쪼그리고 앉아
어설픈 해님 부끄러운 듯
제 그늘에 꽃얼굴 숨기고

옹기종기 모인
보라빛 제비꽃들
살랑이는 바람타고

주섬주섬 품 안에
이른 봄을 담는다.

안개

나는
어디서 와서
어디로 가는 걸까

때로는
나 때문에
등산객이 길을 잃고

때로는
여행자가 차를 몰고 가다
교통사고가 나기도 하지

때로는
한치 앞도 보지 못해
돌부리에 걸려 넘어지기도 하는
나는 누구일까

슬그머니 왔다
소리 소문 없이 사라지는
나는 도대체 누구일까.

흐린 날

온갖 망상에 흔들리는 오후
살아있음을 의미하는 것일까

가슴 철렁한 불안
미래를 향한 희망
혼돈의 일상은 희노애락

그저 온갖 시름 거둬들여
튼튼한 부대에 담아
꽁꽁 묶어두고 싶다

길을 걷다가도
문득 하늘을 본다
내 마음도
잿빛으로 흘러가는가

앙상한 가지만이
힘에 겨운 듯 하늘을 가리고 있다.

구름 사이를 비집고
눈부시게 쏟아져 내리는
한줄기 햇살을 품는다.

숨바꼭질

유년시절의
뒷동산에 올랐다.

술래 되어 찾아도
보이지 않는 친구들

동심의 추억 피어나
아련히 떠오르는
무지갯빛 그리움

노을 짙게 드리운 오후
꼭꼭 숨어 찾지 못한 곳에서
불혹의 나이에
오늘은 술래가 되어본다

제4부

시인의 정원

그리움

귀밑 솜털
간질일 때만해도
그저 장난인줄 알았다.

살며시 다가와
켜켜이 쌓인 열정
숨기는 서툰 사람

순식간에 가져가 버린
수수꽃다리 향내 같은 숨결에
멍울진 가슴

바람이 지날 때마다
가지 끝에 걸린 그리움이
하얗게 일어서는데

새해 아침

해갈하지 못한 갈증으로
잠 못 이루던 밤

빛바랜 기억 속에서
찾아 낸 불씨 하나
메마른 영혼에 지핀다.

꿈속에서 조차 이루지 못한 꿈
칼끝 같은 아픔이었다.

새해 아침
떠오르는 소망 하나
옹이진 지난날 보듬으며
불혹을 지나
만학의 열꽃이 핀다.

늦깎이

가끔
무엇이 되고 싶다는 것 보다
가보지 못한 교정을 꿈꾸며
언젠가 한번쯤 가보리라
다짐을 한다.

아내가 되고
엄마가 된 후 어느 날
만학의 그리움 열병 같이 일어
잠 못 이루기를 여러 해

교문에 들어서는 발걸음
즐겁고 활기차다.

늦깎이 열정은 불같아
삶의 에너지가 솟아나고
만학의 열꽃
원 없이 피는 중이다.

하루 2

하루가 아름답다.

하루 하루의 삶을
켜켜이 다져서
하나의 길을 만들어 간다.

가슴깊이 간직했던 사연이
몽글몽글 피어올라
향기로 살아나는 것

아파트 긴 기둥 사이로
붉은 햇덩이가 올라온다.

잔가지 사이로
참새 한 쌍
포로롱 포로롱 드나들고
하얀 벚꽃아래
까치 한 쌍
까악 까악 새소식 전한다.

그대

먼 산은
떨어져 있는 거리만큼
솟는 그리움

가슴 깊은 곳
숨죽여 흐르는 사랑이
빠져나갈 수 없던 세월

낯설음과 낯익음
긴 침묵으로 그렇게
바라만 보는 수평선이다.

내 안에
부풀어 오르는 꽈리를 품고
멀고도 가까운 그 곳
바라만 보는 속앓이
달맞이꽃의 허공이다.

시인의 정원

사계절을 들여놓고
바뀌는 계절 거부하지 않는
자연을 사랑하고
생명을 소중히 여기는

동인들의 시어들이
바람타고 날아와
뿌리 내리고
마침내 꽃을 피우는 곳

홀씨는 어디론가 떠나지만
내린 뿌리는
해를 거듭하며
굵기를 더해가는 터

작은 새 찾아들어
쉼을 청하고
창공을 향해
날 수 있는 정원에서

삶의 이야기가
무지갯빛 풀잎위로 내리고
고향의 향수 기억하듯
그리움을 키워갑니다.

4월

혹한의 겨울에도
정원을 가꾸는 손길로
씨앗 하나가
생명을 잉태합니다.

외지고 그늘진 곳에
뿌리내린 여린 나무에도
봄 햇살 넘나드는데
4월을 기다리는
그대는
느티나무를 닮았습니다.

봄, 여름, 가을, 겨울
사계절 누구나
편히 쉬어갈 수 있어
하나 둘……
수많은 사연들이

오늘을 기억하고 내일을 꿈꾸며
애틋한 사랑이 무르익어 갑니다.

나날들

심한
폭설과 구제역으로
유난히도 춥고 암울한
겨울을 보냈습니다.

긴 터널을
빠져 나오나 싶더니
일본의 강진과 쓰나미로 인한
아비규환의 순간들

해를 더해 갈수록
오늘의 안녕에 감사하며
내일을 가꾸는 손길이
눈부신 햇살처럼 아름답습니다.

탱자나무 울타리

4월이면
지난 겨울은 잊은 듯
탱자나무 울타리
날카로운 가시 곁에서
청초한 꽃이 팝콘처럼 피고

냉이 달래 쑥이 자라고
머위와 돌나물이 함께 사는
탱자나무 언덕에도
훈훈한 바람이 찾아드는
고향 옛집이지요

추억이 숨을 쉬는
억센 탱자나무 울타리
세상에서 제일 안전한 곳이라고
굴뚝새는 참새를 향하여
눈길을 보냅니다.

역驛

기쁨과 슬픔 아쉬움을 싣고
떠나는 마지막 열차

달빛마저도 아쉬워
잔잔한 여운 남기며 멀어지는데

모두가 떠난 텅 빈 역사
작은 별 하나 둘 내려앉는다.

은하수 보금자리
오가는 길손 앉혀놓고
긴 겨울밤 소곤거리는
천상의 아이들

세상에서 가장 행복하고 아름다운
꿈을 좇는 나그네의 노숙

그 마음들이 하나 되어
밤하늘에 꿈의 궁전을 짓는다.

목마름

가뭄을 해갈하는 단비처럼
내 영혼의 갈증을
해소해줄 은혜는
어디에 있을까.

생수를 아무리 마셔도
떠나지 않고
갈라진 저수지 바닥 위로
떠오르는 그리움

어디론가 떠나고 싶어
열망을 합장하고
조용히 뜰에 나와
하늘 우러러 단비를 기다린다.

소망

욕심껏 키운 부유함이나
탑처럼 쌓아놓은 명예보다
박꽃처럼
아주 소박한 삶을 그려본다.

가난하지만 내일을 계획하고
그 꿈을 키우기 위해
절망하지 않는 그런 삶이기를
소망하며 씨앗을 심는다.

풍파 속에서도
축복 같은 여린 사랑이 자라고
그늘이 되어줄 잎이 무성하다.

긴긴 터널을 빠져 나온 듯
묵은 짐 위에 쏟아지는 햇살
사랑의 대지 위에
시들지 않는 꽃이고 싶다.

내장산

하늘은 더 없이 푸르고
눈이 시리도록 부셔
온 종일 휘청거리다

타오르는 저 소리
더 참을 수 없는 나뭇잎은
감춰 두었던 희열로
온 산이 붉도록 불사르며
북새통인데

혼절할 것 같은
황홀한 가을 숲에서
나도 그렇게
뜨겁게 물들 수 있을까

억새

비탈에 서서

무서리가 예고 없이 내려도

제 잎에 상처 난

지나온 나날들

하얗게 잊어버린 채

아직 마르지 않은 꿈

애틋하게 핀다.

진달래꽃

옷섶이 시리도록 이른 봄

찾아드는 산에
진달래 급히 꽃피우는 것은
누가 불러서가 아니다.

산달을 기다리다
자기도 모르게
삐져나오는 함성이다.

그렇게
온 산이 시끄러웠던
축하의 그 며칠

귀청이 떨어질 것 같이
환장하게 내지르다가
때가 되면
속절없이 지고 마는
서러운 꽃

속절없이 지고 마는
가여운 꽃.

나이테

찻집 가장자리에 앉은
통나무 의자는
한 해도 빠짐없이
잡아둔 나이를 세어본다.

하나 둘 셋
열다섯 서른다섯 세다보니
모진 바람에도
흔들리지 않을 것 같은 나이테

무늬진 결을 보니
삶이 순탄치만은 않았나보다.

옹이진 상처 애처로워
포근히 감싸며
휘어 돌아간 나이테는
가야할 길을
알고 있었나 보다.

봄날에

가끔은
마음을 열고
꽃잎 여는 소리를 듣는다.

뾰족이 일어서는 새순들
상처의 흔적 보듬으며
그들만의 속삭임에
시나브로 연륜을 더한다.

살랑대는 바람도
향기에 취한 오수
나른한 꽃잎들 땅에 내리고

길섶 보도블록 사이 민들레꽃
척박한 환경에서도
죽을 둥 살 둥 살판났다.

산을 오르면

산을 오르면
흙이 반긴다.

나뭇잎이 손 흔들고
청솔도 다람쥐와 눈인사를 나눈다.

산새가 들려주는 노래
몸도 한결 가벼워진다.

얼마를 걸었을까
힘들다며 서로 의지하는 다리
고마움이 솔솔
가슴에 스며든다.

바위틈에서
강한 숨소리 들려주는
야성의 풀을 만난다.

고달팠던 삶의 무게가
조금씩 덜어지고 작아지는
나 자신을 바라본다.

산을 오르면
허수아비에게도 감사하고
겸손의 옷을 입게 된다.

제5부

햇살이 좋아서

파스텔 풍경화

억새에 앉은 무서리
하얀 세상 만들고

솜털 같은 흰 구름
비단금침 만들지만

무리지어 나는 철새들
소리까지 접착시켜

강가에 이는 물안개
아침햇살 조명으로
파스텔풍경을 돕고 있다.

그리움

흘러간 시간들을 모아
군불을 지피면

구들 목은 붉은
장미꽃 향기로 달아올라

마디마디 아픈 세월 애환의 꽃
타오르는 불꽃에 피고 지네.

봄바람

삶의 능선마다
연분홍 치마가 나부낀다.

겨우내 잠자던 대지의 심장
오롯이 숨 쉬는 생명의 소리에
물기 오른 젖가슴

뉘 볼세라
임의 품인 양
들뜬 마음 홍조 띤 모습

시간의 출렁임 속
움츠리며 갇혔던 마음
살포시 열고

터지는 꽃잎의 떨림으로
바람은 향내를 모아
진달래 능선마다 꽃단장한다.

풀꽃

언제 만나도
웃을 수 있어 좋다.

향기 탐하는 바람에도
꺾이지 않는 유연함이 좋아
무시로 흔들리는 마음이지만
그러한 여유 지니고 산다.

외로울 때 그 자리에서
그리움으로 머무는 너이기를

언제나 다가와 웃음 지으며
강한 바람에도
꿋꿋이 자리 지키는 야성
흔들려도 꺾이지 않아서 좋다.

가을 햇살

산자락 참깨 밭으로
성큼 성큼 내려오는
햇살이 깨를 볶는다.

하늘은 더 없이 푸르고
눈이 시리도록 부셔
참깨는 입을 벌리고

가을 하늘 우러러
햇살을 받아
만추의 빛을 내고 있다

봄 풍경화

눈보라 속 언 가지
몽실하게 부풀어 오른
목련꽃 망울망울 은밀한 속삭임에

모진 바람 잠재우는
솜털 같은 햇살 양지에 머문다

촉수로 빨아올린 생명줄 타고
도관과 사관 타고 오르내리는
터질 듯 부풀어 오른 갯버들 숨소리

실버들 가지마다 연한 잎눈
호기심 그득한
눈망울로 미소 지으면

시린 봄바람에 움츠린 가슴
현기증 나도록 시원한
꿈틀거리는 봄을 맞는다.

사랑 광고

어느 누구에게도
보이고 싶지 않은
그런 사랑을 찾습니다.

그리움이 밀려오듯
꿈을 키우며
내 마음에 담고 싶은
그런 사랑

눈가에 젖은 이슬에게도
따스한 햇살로 품어주는
그런 온돌 같은 사랑을 찾습니다.

산그늘

오직 그대만을 바라보리라
다짐하던 눈동자엔
조각구름 같은 허무가 머물고

봄날 꿈속 같은
안개는 사라지고
아름다운 추억 한 자락
내일 위해 남겨 두신다더니

산그늘로 내려온
고독에 젖은 눈가에
서러운 철새만 날아갑니다.

상처

사랑니 앓고 있다.

꽃을 피우려
변덕스러운 날씨 달래며
가지마다 영광스러운
상처를 내고

눈부시도록 예쁜 꽃
온 힘을 다해
눈물 꽃 피우면서도
아픈 소리는 내지 않았다.

기쁨은 순간인가
맺었던 열매 모두 떨어지고
절망의 흉터만 남아
계절을 건너 고목으로 서있어도

어김없이 봄은 오고
절망 곁에서 꽃눈은 트이어
사랑니 앓고 있다.

초록 꿈

태풍 휘몰아쳐
할퀴고 스쳐간 자리에도
들꽃은 피어난다.

새 아침 밝아 오면
잿더미 속에서도
속잎은 피어나리.

잠들었던 강산이
봄과 함께 깨어나면
수놓은 오색 빛 하늘
새들도 둥지 틀고 날아가리.

새아씨

수줍어
얼굴 빨개진다 해도
아름다운 꽃으로 피고 싶습니다

매정한 바람
옷깃 스쳐가도
작은 꽃망울 틔우기 위해
한줄기 햇살 부여잡고요

아직 얼굴 들지 못함은
미소가 향기로 피어나
눈부시도록 눈부시도록
다소곳이 피어나고 싶습니다.

햇살이 좋아서

햇살이 좋아서 안양천에 나갔다.

마음먹고 나선 길
다리와 다리
한바퀴 도는데 한나절

한곳으로 덤불을 모아
희뿌연 연기 흐르게 하면
다가오는 향수의 불꽃
탁탁 튀는 나뭇가지에서
들려오는 옹알이

언덕 중간 중간
나물 캐는 처녀들

어린아이 등에 업고
쑥을 뜯는 모습도
볕에 어우러져 시야에 묻혀 지나간다.

걷고 뛰고 흙을 밟으니
겨울을 보내는 아쉬움에
땅에 카펫을 깔았나 보다.

갈대 바람

찬바람 거친 숨결
햇살 눈부신 갈대숲 바람.

불어오는 갈바람에
그대 목소리 묻어오고
풍경에 부딪쳐 퍼져가는 여운

파도처럼 일렁이는
요동치는 몸짓위로
휘감아 돌아가는 빛 너울

알은체 하는
풀잎들에 손을 흔들며
해거름에 달려가는 갈대바람.

강

창백한 달빛 아래
침묵의 강이 흐른다.

긴 세월 풍랑에도
흔들리지 않던 돛단배 하나

운명의 장난 같은 질풍노도
숨 가쁜 파문이 밀려왔다.

주인 잃은
외로운 배 한 척
위태롭게 흔들리지만

오늘도 애증의 강
노을빛으로 저물어 간다.

상사화

잎 지면
꽃 피우고

꽃 지니
잎이 돋는 꽃

내 몸에
돋아난 잎

남김없이
지워서

영원히 그대 꽃을
피울 수 있다면.

봄의 속삭임

한겨울 꽁꽁 언 땅 위로
아지랑이 피어오르면
겨울잠 속에서 깨어나는 봄

기다림에 지친 풍경 사이로
겨울의 끝자락
실바람타고 속삭인다

버들가지 새 순들이 소곤소곤
한낮의 햇살을 훔치고 있다

나그네

바랑을 메고
허허로이 바람으로 헤매다
한 점 구름으로 떠도는
그대는 누구인가

골 깊은 주름만큼 견뎌온
빛바랜 세월을 안고
그리움 숨겨가며
달려온 발길
엇갈리는 삶의 허덕임
방향 잃은 부끄러움
추락의 유혹을 견디어 낸

인생이란 한바탕 놀음인 것을
바람처럼 구름처럼 가는 것을.

오늘도

내 마음의 열차는
기적소리 울리며
그대에게 달려갑니다.

행여 고이 잠든 사이
꿈속에 방황할까
그대 곁으로 달려갑니다.

그러나 손에 잡힌 건
청아한 달빛
그 곁에 머무는 구름
잠든 바보는
알지 못하겠지요.

작품해설

向光性 向學의 줄기찬 志向意志

黃 松 文

(시인 · 선문대 명예교수)

김현자 시인을 처음 만난 게 2000년도니까 15년 전으로 거슬러 올라간다. 그녀는 내가 강의를 맡고 있는 동아문화센터의 문을 두드렸었다. 그 이듬해인 2001년에는 몸담아 있던 대학에서 안식연구년을 맞아 중국 연변대학에 가있었기 때문에 국내에서 지도할 수가 없었다.

많은 사람들이 문화센터를 다녀갔기 때문에 기억에 희미한 이들이 많은데, 김현자 시인은 나의 기억에 선명하게 자리하고 있었다. 문화센터는 '문학가족' 분위기였으나 회장, 부회장 같은 감투는 일체 없었다.

자발적으로 나서서 모닝커피를 타내기도 하는 등 봉사하는 이를 반장이라고 부르기도 하였다. 그러나 그 당시에는 안식연구년에, 연변대 객원교수에, 30년 이상 살던 동작구 사당동에서 중랑구 면목동으로 이사를 하는가 하면, 계간종합문예지『문학사계』를 창간하는 등 어수선하던 때였기 때문에 문화센터에 정성을 기울이지 못했었다.

그 와중에 김현자 시인은 2005년『문학과 의식』(2005년, 봄호)에 등단한 후로는 일체 소식이 없었다. 그 당시 무엇인가를 해놓고 나오겠다는 말을 들은 것으로 기억하고 있다. 나는 문득 문득 그녀가 떠오를 때가 있었다. 불교에서는 보살이랄까, 기독교에서는 권사랄까, 그런 분들처럼 솔선해서 꾸준히 차 접대를 하는 모습이 지워지지 않기 때문이었다.

그랬었는데, 올해 10월에 김현자 시인으로부터 편지를 받았다. 그동안 써 모은 시를 시집으로 상재하고자 한다는 것이었다. 주변의 친구들도 죽어갔는데 아직 살아서 김현자 시인을 만날 수 있다는 게 기뻤다. 10년만의 해후였다. 밤이나 낮이나 틈나는 대로 김현자 시인의 시편들을 읽어나갔다.

훨훨 날고 싶다.

고달픈 날갯짓일지라도
날아본다는 것이
두렵고 어렵더라도
한번 날아 보고 싶다.

막연한 비행
쉬지 않고
날갯짓 무수히 하다보면
거센 바람도 가르며 날수 있겠지

날다 보면
하늘이 흔들리고

두려움이 앞을 막아도
넉넉한 날개로 유유히
원 없이 날 수 있겠지.

－「비상(飛翔)」전문-

　하늘을 훨훨 날고 싶다는 비상(飛翔)에의 꿈이 내비치고 있다.
여기에서의 비상(飛翔)과 비상(飛上)은 치열한 상승의지(上昇意
志)로 나타난다.

벼랑을 타고 오르는
담쟁이의 꿈이 있다.

설악산 정상을 향하여
오르던 수없는 발자국들

하산 길에 흩어지며
추억의 단술에 취해 산다.

옹이처럼 흔적만 남아
마주선 거울같이
되살아나는 물그림자

한계령 굽이굽이
지울 수 없는 이름 하나

야멸차게 자르려 해도
떨어지지 않는 인연의 부스러기

흔들리는 물그림자.

　여기에서는 굴광성(屈光性) 식물의 향양의지(向陽意志)를 보게
된다. 나와 담을 쌓고 살았던 김현자 시인의 10여 년간은 실로 줄
기차게 달려온 향학(向學)의 길이었다. 늦깎이 고등학교 과정 3년
을 마쳤고, 대학과정 4년을 마쳤으며, 대학원까지 마치면서 생업
에 종사했으니 빠삐용처럼 끈질긴 집념과 줄기찬 저력에 실로 탄
복을 하지 않을 수가 없다.

　그녀는 할 일을 마치고 10년 만에 개과천선(改過遷善)하여 금의
환향(錦衣還鄉)하는 심정으로 내 앞에 나타나게 된 것이다. 김현자
시인은 직장생활을 하면서 학교생활을 하였고, 이 두 직장과 학교
를 오가면서 두 아들을 대학까지 마치도록 뒷바라지를 해온 여성
가장이라는 점에서 그의 과적(過積)은 실로 상상할 수도 없으리라.

　　초가지붕 위로
　　하얗게 눈이 쌓이면
　　토담집 구들이 달아오른다.

　　추위가 엄습하는 밤
　　달빛 드리운 장독
　　어머니 손길 익어가는
　　댓잎 사이 살얼음

　　고구마 한 소쿠리에 동치미
　　옹기종기 둘러앉아

사이사이 징검다리 하나 둘 셋
까르르 웃음꽃 피울 때

씽씽 오가는 바람
문풍지 노래하던 밤이
소박한 정으로 깊어간다.

아침 햇살
창호지에 물들 때
처마 끝에 주렁주렁
반짝반짝 반짝이는 수정 고드름

탱자나무집 굴뚝 위로
어머니의 사랑이 피어오른다.
－「고향집」전문

　순후한 향토정서가 스며있는 시다. 그것은 모성에 기반을 둔 향
토정서다. 고향집 풍경묘사가 은근한 재미를 더한다. '어머니' 하
면 '고향'과 연결되고, '고향' 하면 '조국'으로 유추되고 확대된다.

가장 낮은 곳에서
환한 등불을 컨 니무

튼튼하게 뿌리 내리고
가지마다 연초록 이파리
희망차게 자라
거센 비바람 막아주는

울타리가 되어주고

온 몸 불살라
검은 숯덩이가 되도록
낮은 자세로
낮은 몸짓으로
따뜻한 가슴으로 감싸주는
고향 구들 목 넉넉한 온기.

－「가족」전문-

　소박한 꿈이 서려있다. 그것은 거센 비바람을 막아주는 울타리
로 족하다는 표현이다. 그리고 결말에 가서는 "따뜻한 가슴으로
감싸주는 / 고향 구들목 넉넉한 온기"로 족하다는 표현이다. 안빈
낙도(安貧樂道)의 현대적인 표현이고 해석인 셈이다. 겸양지덕(謙
讓之德)과 훈후(醇厚)한 정서가 향토정서를 살려내고 있다.

온몸의 신경이 잠을 털면
심연의 산이 솟는다.

만고풍상
흔들림 없이
든든한 지주로 서있는 산.

거기에는
어머니의 가슴도 있고
가슴 속 깊이 남아있는
그리움의 앙금도 있다.

하늘 우러러 보면서
양심 저버리지 않고
더 이상 넓은 대지 차지하려
투기하지 않는 땅

말이 통하지 않아
등나무처럼 꼬여가는 마음 풀라며
따스한 바람도 보내어온다.

순수한 마음 줄 수 있는
넉넉한 그대 있음에
꿈길 가듯 초연히 오른다.

ㅡ「산」전문

　김현자 시인은 산을 빙자해서 어머니를 유추하고, 그리움을 도
출하고 있다. 어머니는 '넓은 대지'로 표현되고 순후한 모성에의
향수가 극대화되고 있다.

나목에
볕드는 소리가 들린다.

긴긴 겨울이
얼음장 밑으로 떠나고
흐르는 시냇물 소리 유유하다.

햇살 아래
만물들 생기 돌고

연둣빛 새싹이 돋아
검불 사이사이 안부를 묻는다.
                            – 「안부를 묻다」 전문

　동심이 시심으로 이어지고 있다. "나목에 벌드는 소리가 들린
다."는 첫 구절부터가 기대를 갖게 한다. 응축(凝縮)의 묘미(妙味)
를 보이고 있다. 초록이 기지개를 켜고 흥기(興起)하는 양광(陽光)
이 실감을 더한다.

비에 젖은
참새 한 쌍
다정히 전깃줄에 앉아있다.

처마 밑으로
자리를 옮기면 좋으련만
헤어지지 않으려
애태우며 떠날 줄 모른다.

참새가슴도
더운 체온 건네주며
빗방울 타고 오는 사랑
                            – 「참새」 중 일부

　미국의 여류시인 에밀리 에리자베스 디킨슨의 시 「내가 만일」
이 연상되는 시다. 디킨슨은 실연의 고배를 마신 후 일생을 고독
하게 보내었다. 그녀는 "내가 만일 상한 가슴을 건질 수 있다면 내

삶은 헛되지 않으리"라고 썼다. "할딱이는 새 한 마리라도 도와서 보금자리로 돌려보낼 수 있다면 내 삶은 결코 헛되지 않으리."라고 표현했다.

김현자 시인의 유순한 심성이라든지 남을 위해 희생 봉사하는 태도는 디킨슨을 닮았다. 그래서 그런지 그녀를 생각하면 애처롭다. 나는 10여년 전에 이미 그 점을 간파했었다. 그렇기 때문에 교통이 없어진 10여 년 동안에도 가끔씩 그녀의 안부를 궁금하게 여겨왔었다.

일본의 명치시대에 유명한 소설가 나쓰메 소세키(夏目漱石)는 "정이 많으면 흘러버린다."고 했다. 김현자 시인은 유순하고 정이 많은 사람이다. 이런 타입의 사람일수록 경계해야하는 게 정이다. 다행히 그녀는 과단성이 있어서 위험한 파도를 지혜롭게 잘 넘어온 셈이다.

뜰 때는
밤하늘에 뜨지만
질 때는
가슴으로 지는 별 하나

다람쥐만 아는
숲 속 오솔길 지나
물결 이는 호숫가에 물든
별빛의 설레임

너를 사로잡고픈

짧은 이 한 밤
잔잔한 물결로 이는 그리움

뜰 때는
밤하늘에 뜨지만
질 때는 가슴으로 지는
별 하나.

— 「가슴으로 지는 별」

　창조적 상상이 번득이는 시다. 첫 연(뜰 때는 / 밤하늘에 뜨지만 / 질 때는 / 가슴으로 지는 별 하나)부터 예사롭지 않은 기교를 보이고 있다. 이 시인의 동심이라든지 시심에도 별처럼 아스라이 멀리에 어떤 존재에 향하는 그리움이 앙금으로 자리를 잡고 있는 것으로 여겨진다.

살을 깎는 아픔에도
영롱하게 빛나는
진주의 꿈.

꺼지지 않는 불길로
그대 가슴에
영원히 타오르고 싶은
사랑의 꿈.

— 「진주조개」 후반부

　진주조개를 빙자해서 사랑의 바람을 표현하고 있다. 그것은 아픔을 통한 아름다움과 사랑이다. 고통의 관문을 기꺼이 통과하여 얻고자 하는 미(美)와 사랑으로 축약할 수 있다. "꺼지지 않는 불길로 / 그대 가슴에 / 영원히 타오르고 싶은 / 사랑의 꿈."은 어떤 꿈일까? 그것은 알 수 없어도 소박하면서도 아름다움 꿈이요 사랑스런 꿈이라는 점을 유추할 수 있다.

향학열에 불탔던 김현자 시인은 지난 10년 동안 가장으로서 과적(過積)의 십자가를 지고 학교와 직장을 줄기차게 달려오는 동안에 학문적인 언어와 실용적인 언어가 자리를 잡게 되었다. 이러한 사실적 언어 현실적 언어는 시의 창작에 도움이 되지 않는다.

그러므로 김현자 시인은 앞으로 직장 일을 줄이고 문예를 가까이 하는 시간을 늘림으로써 산성화되어 있는 실용적 언어의 토양을 알칼리성 토양으로 바꾸는 객토작업(客土作業)을 시도해야 할 것이다. 앞으로 언어의 깊이갈이를 위해서 경서(經書)를 통한 종교적 상상력이라든지 철학적 인식, 역사의식의 통찰력을 길러나가기 바란다.

이러한 주문은 좋은 시를 쓰기 바라는 욕심에서 비롯된 것이므로 편하게 받아들일 줄 믿는다. 김현자 시인의 시세계를 집약적으로 말하자면 향광성(向光性) 향학(向學)의 줄기찬 지향의지(志向意志)라 할 수 있다. 그의 이러한 지향의지에 의해서 대학원(석사)까지 과정을 마쳤으며, 탄탄한 생활의 기반을 다지게 되었다.

그동안 향학에 쏟았던 열정을 앞으로는 시의 생산을 위해서 굴광성 식물처럼 치열하면서도 줄기차게 뻗어나가기 바란다. 시의 예술성이라는 표현의 꽃을 통하여 뿌리로 사는 영원성을 담보할 수 있기 때문이다.

∴ 김 현 자 金賢子

전북 김제 출생
세한대학교 복지상담학과 졸업
동국대학교 불교대학원 생사의례전공(석사)
명지대학교 사회교육대학원 수료
2005년『문학과 의식』으로 등단
사)한국문인협회회원
사)한국시인협회회원
사)전북문인협회회원
시문회회원

14232 경기도 광명시 철산로57 1320동1003호
hj-sopia@hanmail.net
010-8740-5910

비상하는 산

초판 1쇄 인쇄일	2015년 12월 16일
초판 1쇄 발행일	2015년 12월 21일

지은이	김현자
펴낸이	황송문
편집장	김효은
편집 · 디자인	김진솔 우정민 박재원
마케팅	정찬용 정구형 정진이
영업관리	한선희 이선건 최재영
책임편집	김진솔
인쇄처	으뜸사
펴낸곳	문학사계
배포처	국학자료원 새미(주)

등록일 2005 03 15 제25100−2005−000008호
서울특별시 강동구 성안로 13 (성내동, 현영빌딩 2층)
Tel 442−4623 Fax 6499−3082
songmoon12@hanmail.net

ISBN	978−89−93768−38−1 *03810
가격	8,000원

* 저자와의 협의하에 인지는 생략합니다.
  잘못된 책은 구입하신 곳에서 교환하여 드립니다.

* 이 책은 광명시 문화예술발전기금 일부 지원받아 발간되었습니다.